문학과지성 시인선 556

울려고
일어난 겁니다

김경후 시집

문학과지성사

문학과지성 시인선 556

울려고 일어난 겁니다

초판 1쇄 발행 2021년 7월 5일
초판 4쇄 발행 2024년 12월 2일

지 은 이 김경후
펴 낸 이 이광호
주   간 이근혜
편   집 조은혜 최지인 이민희 박선우 방원경
펴 낸 곳 ㈜문학과지성사
등록번호 제1993-000098호
주   소 04034 서울 마포구 잔다리로7길 18(서교동 377-20)
전   화 02)338-7224
팩   스 02)323-4180(편집) 02)338-7221(영업)
전자우편 moonji@moonji.com
홈페이지 www.moonji.com

ⓒ 김경후, 2021. Printed in Seoul, Korea

ISBN 978-89-320-3873-5 03810

문학과지성 시인선 556

울려고 일어난 겁니다

김경후

시인의 말

당신을 읊는 것이 나였으면 합니다.

2021년 7월
김경후

울려고 일어난 겁니다

차례

시인의 말

IV

해설

I

뒤

한밤의 택시 안, 어디쯤일까, 핸드폰을 본다, 우주정거
장이 방금 내 머리 위를 지나고 있다, 이건 너무 큰 그림,
어디지, 거기가 바로 여기네, 이 말을 자주 하던 사람의
그림자 사진, 핸드폰을 본다, 이번엔 너무 지난 그림, 그
는 그늘, 여기는, 신호 없음, 연결 상태를 확인해주세요,
빨간 신호마다 과속으로 지나친 여기, 어디지,

해 질 녘마다, 거실 이 끝에서 저 끝까지, 나는 그의 그
림자를 담요처럼 끌고 갔다, 끌려갔다, 오늘도 어제처럼,
저기를 여기처럼, 그늘을 그림처럼, 저 멀리 그네처럼,

우주정거장은 밤의 지역을 지나고 있습니다, 그래, 그
는 그늘, 다시, 우주정거장은 돌고, 어떤 사랑이 지구에
있었는지, 보이지 않고,

한밤의 택시, 내린 후, 여기일까, 뒤돌아본다,

제라늄

소식 없이
수식만 늘었습니다

불 꺼진 상점들
네 손가락이 가리키던 너무 많은 꽃
제라늄이야
저것도?
아니, 저건 아니지

씨앗을 심었지만
붉은 꽃잎 한 장 없이
죽었습니다

바람도 없는 거리
가로등 켰다 껐다 켰다 껐다

나는 방향 없이
달리는 속도를 높입니다

너 지금 어디야?
잘 모르겠어
아, 죄송합니다, 전화를 잘못 걸었군요

수신 없이
소식 없이

내가 가리키는 어둠 속
잿빛 제라늄처럼 흘러가는 밤

손 없는 날

귀신도 쉬는 날, 짐 부리는 사내, 빈 그릇 위에 빈 그릇, 의자 위에 의자, 쌓고 쌓는다, 귀신이 쉬는 날, 사내의 짐 값은 높지만, 꼭대기 올라가는 사다리차만큼, 덜컹, 덜컹, 내려앉은 사내의 등, 사내는 손 없는 날의 손, 집을 옮기며 짐을 부린다, 동서남북을 옮긴다, 기억을 옮긴다, 귀신도 부리지 못할 짐,

벽 같은 짐들 앞, 짐의 주인이 말한다, 나뭇잎 그려진 상자 못 봤어요? 기억 안 나요? 안 나요, 기억하는 자만 잃을 수 있다,

오늘 사내는 손이 없다, 힘이 없다, 불탄 낙엽 더미처럼, 빈방 그늘에 누웠다, 귀신은 뭐 하나, 나 같은 거 안 잡아가고, 손 없는 날, 귀신도 쉬는 날, 사내는 짐이 아닌 어리광을 부릴 힘도, 없다,

기억난다, 벽 같은 짐들, 그 짐의 주인, 기억나지 않는다, 손 없는 날, 기억난다, 기억하는 자만 잃을 수 있다,

넙치

그래, 나 바닥이다, 울퉁불퉁, 넙치, 시장 바닥에 누워 있다, 뭘 보고 있나, 그것, 진창 바닥보다 넓적하게, 바닥의 바닥이 되면서, 대체 뭘 보고 있나, 가끔, 이게 아냐, 울컥, 찌끄레기를 게운다, 뒤척인다, 하지만 다시, 눌어붙어, 바닥이 되지, 바닥, 뭘 볼 수 있나, 게슴츠레, 흰 눈자위로, 울컥, 찢어진 노을, 키득대는 웃음, 흐르고, 슬리퍼 끄는 소리, 지날 때마다, 울컥, 소리친다, 그래, 나, 바닥이다, 그것, 더욱 맹렬히 바닥이 되기로 맹세한다, 끝으로도 끝으로도 떼어낼 수 없는 바닥, 더 바닥, 더, 더 바닥이 되기로, 울컥,

지금 넙치가 나올 철인가, 뭐, 그렇지, 이 바닥이나, 저 바닥이나, 다 그렇지, 사내 둘, 바닥 끝 지나 골목 끝, 횟집 문을 연다,

저만치 여기 있네

새해 첫날마다 지난해 토정비결이 맞았는지 맞춰본다
예언은 지연된다
잘못된 건 없어
시간은 멈추고 세월은 흐른다
일어나자마자 운 게 아니에요
울려고 일어난 겁니다
사랑보다 빨리 쉬는 건 사람 그러나
난 쉬고 싶은 사람
울려면 일어나야 합니다
잘못된 건 없어
러시아혁명사 스터디 내내 새로 살 원피스만 떠오른다
혁명사를 읽을 때마다 봄꽃 무늬 피어오르는 난 혁명
적인 사람
세월은 흐르고 시간은 멈췄다
그럼 자신을 어쩔 줄 몰라 하는 남자를
어쩔 줄 몰라 하는 여자는 어찌해야 할까
아무도 잘못하지 않았다는군
변한 건 없지
고양이를 감시하는 카메라를 감시하는 고양이가

저만치 나를 보고 있네
아무것도 변하지 않았지
시간은 멈추고 세월이 흐른다

서예 시간

추락을 기억하는 깃털로 우리는 추락보다 긴 노래를
부른다

슬픔의 획수가 줄어들지 않는다

재떨이

웅장한 빌딩 구석, 흡연실, 욕먹은 꽁초, 고개 숙인 꽁초, 발 끌며 온다, 옹관 같은, 재떨이 앞, 따돌림당한 꽁초, 따지지도 못하는 꽁초, 따귀 맞은 꽁초, 여기저기 떨어져 있다,

이때, 시큼하고 어둑한 연기 가르고, 기 빠진 꽁초들 가르고, 그가 등장, 썩은 담뱃잎 더미 같은 머리털, 구두에 짓밟힌 듯한 등, 한껏 젖힌다, 고래고래 외친다, 경례! 컴컴한 담뱃재 구덩이에, 머리를 처박고, 고함친다, 경례! 자고로 충과 예는 세상 으뜸, 침 묻은 꽁초, 뒷걸음친다, 사기충천, 다시 한번, 경례!

웅장한 빌딩 구석, 폐허의 보스, 등장한다, 웅장한 재 구덩이의 사제, 오늘도 담뱃재나 떨구는 꽁초들에게, 재 구덩이, 칫, 별것 아니라는 듯, 머리 들이밀고, 외친다, 우렁차게, 재 구덩이 나의 오늘 속에서, 외친다, 우리의 닫힌 입을 대신해서, 쓰디쓴 입으로,

원룸 전사

밤마다 막차다, 아무도 없어도, 나는 몰고 돌아가는,
밤, 막차다, 배차 간격, 없음, 인센티브, 없음, 유급휴가,
없음, 직업, 없음, 내가 탈 차, 없음, 기다릴 차, 없음, 막차
에서 막차 사이는, 폐터널이지, 밤마다, 막차다, 출가하지
않아도, 밤새 흐르는 수도, 물방울 독경 소리, 면벽으로,
먼 산 먼 숲 조망 가능, 이러다 심안으로 동쪽에 창을 낼,
내가, 막차다, 돌아오지 않을 수 없는, 밤마다, 창 없이 창
살 없이, 막차, 필요 없는 거, 없음, 둘 데 없음, 아무도, 올
수, 없는, 밤마다, 나는, 막차다,

때

지금 때가 어느 땐데
가을 초승달 아래
가지를 말린다
십자로 빨랫줄에 널린 흰 풋달의 냄새
지금이 어느 땐데
나물 한 봉지 얼른 사 오면 되는데
적보랏빛 밤
이때란다
지금
혓바늘 같은 초승달에 아린 맛 도는 때

차렷

빈터 한가운데 차렷한 아이
누굴 기다리니
목덜미 땀 끈적하게 흘러도
아이는 차렷
태양은 졌는데 땡볕은
꼼짝하지 않는다
난 아이를 지나간다
개들 짖으며 지나간다 검은 목줄 꼼짝하지 않는다
반대 방향으로
난 다시 커다란 어른이 된 아이를 지나간다
빌딩들 한가운데
목성은 멀어졌는데 어른이 된 아이는
꼼짝하지 않는다
차렷
땡볕도 차렷
어둠도 차렷
누굴 기다리니
기다린다는 건 불안하지 않다는 거야
아무것도 움직이지 않고 어른이 된 아이가 날 지나간다

비행운이 사라진다 난 꼼짝하지 않는다
빈터 한가운데
끈적한 검은 침, 텅 빈 목줄
걸려 있다
차렷

젓가락 행진곡

검은 연기보다 검은 구석방
뚜껑 닫힌 피아노 소리가 들린다

아무도 오지 않던 외딴집
불타던 소리가 들린다

그건 아주 오래전
이라고 말하는 건 언제나 지금

아무도 너랑 같이 치면 안 돼
아무도 나랑 같이 치지 않아

아니 검은 거 말고 흰 거 이젠 틀리지 마
검은 거 말고 더 검은 거 이젠 틀리지 않아

불탄 검은 뼈
밑으로 흔들리는 흰 발들

검은 기다림

밑으로 흔들리는 휜 목소리

이젠 한 음도 틀릴 수 없는 행진곡
아무도 너랑 같이 치지 않아

구석방
홀로 뚜껑 닫힌 피아노

사각지대

있습니까
보이지 않았습니다
사랑합니다
없습니다

사랑이란 낱말이 씌어진 책은
읽지 않습니다
오늘은 구석구석
비질을 합니다
있었습니까
햇빛 멈추는 순간
빗자루 성운 별가루처럼 떠오르는 먼지들

창밖 자두나무
꽃 피기 전
우리는 몇 번 지나갔을까
없습니다
있었습니다

한밤 어둠 속

끼이익

깊게 급브레이크를 밟는다

아무것도 보지 않습니다

라이터 소년

한번은 은백양 숲을 까맣게 태웠지
눈송이들
불꽃 속으로
따스하게 녹아 흘렀지

사라진 일들이
단 하나의 희망이 될 때

다신
켜지지 않는다

네가 오지 않아
밤은 오지 않아도 된다

II

반지

망원경은 토성에 맞춰둔다
토요일엔 약속이 있다
반지를 뺀다

헤어질 약속보다 헤어진 반지가 오래 남는다
항상
행성 고리는 행성이 위성을 먹은 흔적이라지

뭘 먹나
우리가 죽기 전에 꼭 읽어야 할 책 죽기 전에 꼭 먹어
야 할 음식 죽기 전에 꼭 봐야 할 풍경 죽기 전에 꼭 헤어
져야 할 것들
죽기 전에 잊어도
죽은 후에 살아남는 것들

토성은 잘 보이지 않는다
반지에서 날아올라 토성 고리를 통과하는 흑두루미를
꿈꾸는 밤

툭

그건 젖은 나무 문이 주저앉을 때
그건 가슴뼈를 움츠릴 때
그건 할 말이 없을 때
나는 소리
툭
슬픔이 무릎을 건드릴 때
그래도 설 수 있다는 걸 알았을 때
나는 소리
마음의 고무줄 삭아 끊어질 때
나는 소리
툭

툭
밤의 송곳니가 부러지는 소리
그때 우리도 함께 부러지는 소리
말도 안 되는 소리
서로 돌아서는 소리
툭
홀로가 아니라 스스로 내가 되는 소리

툭
내가 나를 뚫어지게 보라고
진흙탕에 빗방울 떨어지는
소리
젖지 않은 나무 문은 내지 못할 소리
툭

없는 이별

올여름, 민소매가 유행이지, 그중 최고는 소매 없는 이별, 헤어짐 없는 이별, 물론, 아직, 입기엔 춥지, 입기엔 덥지, 이미 몇 번 입고 벗었지, 그러나 놓칠 순 없지, 올여름, 최고급 신상, 화상 입은 것처럼, 동상 입은 것처럼, 붉은 자국, 없는 이별, 최신 유행이지,

비너스상을 떠올려봐, 어렵지 않지, 주름 없는 이별, 실마리 없는 이별, 이별 없는 이별, 올여름, 없는 이별이 유행이지, 지금 몇 시, 소매 달 시간, 소문낼 시간, 없지, 필요 없지, 머뭇대지 마, 얼룩 레이스 뭉치는, 쓰레기통에, 축축하고 끈적한 먹구름, 쓰레기통에, 장맛비, 열차 소리, 삭제, 삭제, 소매 없는 이별, 손해 없는 이별, 내 손에 없는 이별, 올여름, 대유행이지,

기막힌 밤

하수구가 막혔다, 염천교가 막혔다, 펄펄 끓는, 열대
야, 원고가, 자금줄이 막혔다, 들끓는다, 밥알 라면 찌꺼
기, 여기저기, 벌레, 오물, 들끓는다, 파봤자, 끙끙대봤자
다, 경적, 경고 메일, 사이렌, 그래봤자다, 다시 해봤자다,
막혔다, 시커먼 구멍 속엔, 더 깊은 구멍뿐, 뚜껑, 없지,
틈, 우회로, 그런 거, 없지, 함정에 빠진, 환장하는 한밤,
끓고, 파고, 부글대며 막히는 것, 이래도 저래도, 하수구
앞, 백지 앞이고, 꽉 막힌, 아스팔트 위다, 펄펄 끓는, 대
야 속 생쥐 같은, 열대야,

오로라 여행

막다른 골목이야 난 말하지 않는다
개가 뛴다
밀고 가는 곳이 갇힐 곳
그러니 천천히 모이자
우린 개를 끌어안고 모여
오로라 여행 곗돈을 모은다
만 원씩 어느 세월에
밀고 가기만 하면 가게 된다니
막 북극에 다다른 것처럼
나도 뛰어보자
오로라를 볼 확률이 낮아서
우린 오로라를 보러 가기로 한다
밀고 가는 곳은 갇힐 곳
어디든 여기
품에 안겨 있어도 목줄 차고 있어도
안심하고 뛰어보자
갈 땐 각자 갈까
우리 중 누군가는 오로라를 볼 수도 있잖아
그래서 우리가 모이나 봐

오로라는 태어나자마자 죽은 아이의 영혼이래
이럴 땐 개도 뛰지 않는다
만 원씩 오로라 여행 곗돈을 모으는 건
우리가 예언적으로 갇힐 줄 안다는 것
그러니 밀고 가자
그래서 밀고 가자
절정의 고음을 내지르는 소프라노의 드레스를
찢을 것처럼
개, 뛴다

베개

여관방
지리고 꿉꿉한 베개
누웠는데 덜컹거린다
혼자인데 붐빈다
베개 속에선

이제 나는 어쩌라고! 닭발 냄새, 족발 냄새, 여자, 소리
친다, 술냄새, 침냄새, 엎지른 김치찌개 냄새, 주사기를
꽂고 웃는 여자, 피 흘리며 웃는 남자, 이제 어쩌라고! 밤
비 냄새, 죽은 것들의 머리카락 냄새, 죽지 못한 것들의
울음 냄새,

잠꼬대야, 취했어, 어느 먼 곳, 다른 베개 베고, 너는 말
하지만, 모래도 되지 못한 미라처럼, 베개는 아직 덜컹거
린다지,

떠나갔는데 떠도는 것들의
여기,
어느 문 안에도 난 들어가지 못한다

길모퉁이들은 언제나 나를 잃어버린다

지리고 꿉꿉한 베개를 꼬옥 끌어안고
나는 홀로 붐빈다
덜컹거린다

항아리

옥상에 빨래를 넌다
빨래란 게 별건가 지나간 것들이지
지나간 여름 지나간 셔츠 얼룩진 이불
지나간 일들 지나간 사람 얼룩진 이름

빨랫줄에 걸린
거두지 못한 빨래들
늦가을 밤바람에 기우뚱

옥상 센서 등 켜진다
느닷없이 꺼졌다 켜진다
항아리치마 환하게 부풀어 오른다
그 속 빨간 금붕어 두 마리가 있나
바람 물결 일으키며 헤엄이라도 치려나

센서 등 켜졌다 꺼진다
별건가 다시 빨래를 넌다
옥상 한구석 빈 항아리

휴지

뽑는다, 공중화장실 한가운데, 여자, 휴지를 뽑는다,
또 뽑는다, 거울 속, 눈이 마주쳐도, 뒤에서 숙덕거려도,
쉬지 않고, 휴지를, 뽑는다, 목구멍에 박힌, 가시처럼, 툭
툭, 턱턱, 뽑고, 또 뽑는다,

그래, 새장 속 앵무새, 밤마다, 울지 않고 뽑았지, 자기
목털, 가슴털, 뽑고 또 뽑았지, 바다색 날개깃, 자기 부리
로 뽑아냈지, 차갑게 빛나는 창살, 핏방울 맺힌 벌건 알
몸만 남을 때까지, 아무것도, 남지 않기를, 않기를, 그렇
게, 뽑았지, 텅, 빈, 새장,

텅 비었다, 여자의 눈동자, 공중화장실 바닥, 구정물
젖은, 흩어진, 여자의 눈빛 같은, 휴지들, 밟힌다, 밟히고,
또 밟힌다,

일교차

간지러운 곳은 막상 날카롭게 베인 곳

머뭇거리며
너는 마른 매화 가지 부러뜨리고

우리는 헤어졌어도 집 방향은 같을 때

어떻게 할까
어떻든 너와 나는 잘못된다
매화 향기는 사방팔방

그 길로 아사코 하루코 마츠코가
피해자 방관자 가해자가 지나간다

간지러운 곳은 막상 날카롭게 베인 곳

3백 번 서리를 맞은 찻잎은 왜
따스할까
홀로

흩날리는 꽃잎들 사이로 역주행하는 봄

단풍

눈먼 새들
열린다
날개 묶여
열린다
핏빛으로 떨어진다 열린 채
얼어붙은 채
엄마, 떨어지면 날아가?
가을 하늘은 멀고 높지
지하철역 스크린도어 열리고
닫힌다
내가 스마트폰을 찾는 사이
열차
날아갈 듯 핏빛 눈빛들

흰죽

심장이 하얀 새가
날고 있어
여기, 이것 봐
아이는 차가운 숟가락을 휘적대고만 있다

반 친구들은 스키 타러 간대
진눈깨비 쏟다 얼었다 다시 녹아 흐르는 동안
점점 말갛게 묽어가는 흰죽
다 식은 죽

심장이 하얀 새가 날아갔어
저것 봐, 안 보여
누군가 가리킨다
텅 빈 침대

창밖엔 활강하며 쏟아지는
흰죽 냄새 나는 봄빛

목각

칼이 베어낸 자리가 사내의 모습

불광천 차가운 안개 몰려드는
새벽부터
썩은 벤치 위에 놓인 썩은 벤치 같은 사내

움직일 수 없다
는 척,
그는 톱밥 같은 눈길 흘렸을지 모르지만
아무것도 보지 않는다
는 척,
아무도 그를 보지 않는다
는 척,

칼이 도려낸 곳이 사내가 살아가는 곳
칼이 깎아낸 길이 사내가 살아가는 길

북두조차 칼자국
칠흑의 밤 목각 사내

소머리국밥

함박눈이 진눈깨비로 바뀌자
아이들이 모두 돌아간
텅텅 빈 모래밭

혼자 남았던 회백색 풍경
끓이고
또 끓여도

움푹 팬
발굽 자국들 핏자국들
흩어진
소 싸움장 모래들처럼
싸움소 콧김 냄새 풍기는 소머리국밥

진눈깨비조차 사라진 모래밭

III

수렵시대

나는 말 사냥꾼
그러나 다음 주 뉴기니 어딘가
또 하나의 부족어가 사라질 것이다
해변에 밀려온 긴수염고래의 죽음처럼
말없이 사라지는 말의
마지막 음
듣지 못할 나는 말 사냥꾼
자정에 뜨는 북극 태양
잡고 싶었지
모음으로 만든 해바라기
꽂고 싶었지
나는 말 사냥꾼
그러나 작살을 피해도
말없이 사라지는 말 사냥꾼
훗날 연기구름
사냥꾼 묘지에 그 소리 들려주러 올까

다다음 주엔 빙하의 마지막 말이 사라질 것이다

책 벽

바람 몰려드는 편에 책을 쌓는다

바람 부는 곳은 비어 있는 곳
아무도 막을 수 없는
여기, 북편

욱신욱신 쓸데없이 손목이 나갔다
어디로?

할머니는 가묘 자리를 보러 가서 돌아오지 않는다
도서관은 열지 않는다
승강장과 열차 사이는 넓다
그 사이

바람 부는 곳은 비어 있는 곳
북편에는 카프카, 비어 있는 곳엔 에코 다음에 에코

손을 힘껏 뻗는다
성장판은 닫혔는데 닿는다

비어 있는 곳
북편 책 벽

벽에 기댄 책은 아무도 가져가지 않지
아무도 읽지 않지

거기서 한 걸음 더 거기
나는 등뼈를 기댄다
바람 부는 곳은 비어 있는 곳

수행 중입니다

꽉 찬 3호선 불광역
난 지하철에서도 수행 중입니다
앞에 앉은 노인들 시끌벅적,
그래도 난 수행 중입니다
야, 내려, 왜,
종로3가는 거꾸로 타야 해,
내려, 내려, 아, 정말,
그러나 종로3가는 이 방향이 맞습니다
그러나 소리 빛깔 냄새 그 어디에도 흔들리지 않고
묵언,
수행하려 합니다
노인들이 내리도록 가만있습니다,
빨리 문 닫히길, 그분들 믿음이 흔들리지 않기를, 설
레며,
그들이 남긴 따스한 자리에 앉아
흔들리지 않고 화내지 않고 즐기지 않고
수행 중입니다
희열이 뱃속 가득 차오릅니다
흔들립니다, 수행 중입니다

흔들리지 않습니다, 수행 중입니다
다음 내리실 역은 종로3가입니다

해부학 강의

　흐느적, 연단 오르는 해부학 강사, 오늘의 주제, 인간
은 무엇으로 사는가, 감히, 말할 수 있삼, 인간은, 가슴뼈
눈물뼈 뒤통수뼈가 있삼, 망치뼈 갈고리뼈도 있삼, 광대
근 벌레근은 어떻삼, 그러다 흐느적, 그러나 인간은, 잊
는다는 등뼈, 그거 없이, 살 수 없삼, 잊지 마삼, 잊는다는
등뼈에, 밑줄, 별표, 내장? 잊어버리삼, 자, 확인하삼, 나
를 잊삼이라는 근육, 내가 잊삼이라는 근육, 찾았삼? 잊
은 것도 잊삼이라는 근육 있삼? 그게 둘러싼, 단, 하나,
잊는다,는 등뼈, 잊지 마삼, 기억하삼, 흐느적, 해부학 강
사, 오늘 강연, 잊지 마삼, 아니, 잊으삼,

벽을 나르는 사람

다 다 전 통 절 벽
문 법 리 듬 절 벽
시 적 표 절 절 벽
신 화 실 험 절 벽
은 유 화 자 절 벽
종 이 문 체 절 벽
서 정 모 순 절 벽
의 미 각 운 절 벽
분 석 타 령 절 벽
주 제 해 체 절 벽
묘 사 화 자 절 벽
논 리 식 상 절 벽
석 회 상 상 절 벽
절 벽 위 에 절 벽
시 쓰 는 척 해 도
절 벽 의 헛 바 닥

돈 신의 극장에서

그 텅 빈 올가미 차지하기 위해 쉬지 말 것
맨발로 뛸 것
까짓 영혼도 던질 것
동전 한 닢이라면 앞면이든 뒷면이든
일단 침 발라둘 것
죽음처럼 늙지 않는 신
혼돈보다 드넓은 신
그 그물에 걸려들기 위해
피 흘리는 투우처럼
목덜미 찢긴 투견처럼 날뛸 것
자, 이제 자네는 어떻게 걸려들 텐가

절뚝거리는 골목

잿빛 파도 구름 아래, 뻘밭 같은, 잿빛 골목, 세 발, 네
발, 아니 발 없이, 쭈그린 자들, 아니, 파도에 휩쓸린, 자
들, 문드러진 문어, 너덜너덜, 귀신고기, 같은 것들, 그,
골목,

하늘 말고, 잿빛 파도 구름 아래, 절뚝,거리는 잿빛, 것
들, 부서진, 굴뚝, 아래, 잿빛 게거품, 개흙, 씹으며, 골목
빌려 사는, 뻘밭,

참, 뻘엔 지도가 없지, 어딘지, 몰라, 여기, 모든 길은,
막다른, 길, 볕 드는 동쪽, 없음, 내일, 몰라, 날씨, 없음,
장대비 뚝뚝, 어둑한 철둑, 모랫둑, 후두둑, 가끔 우뚝 선,
지팡이,

긁다

머릿속
돌아오지 않는 것들

돌아오지 않는 이름에 덕지덕지 피딱지
다시 진물이 밴다
머리를 긁는다
파 내려간다

어디 오고 있나 어디쯤
내 손이 머릿속을 거의 팠을 때
멈칫

히말라야 삼나무에 내리는 눈송이 하나
먼나무보다 먼 곳

물끄러미
허공 속을 두리번거리다
다시

텅 빈 머릿속 긁는다

파 내려간다

객실

처음 뵙습니다
그는 서둘러 명함을 찾는다
아침마다 새로 집을 짓는 자
날마다 새로 태어나는 자

누굴 찾으세요?
어제라는 그분, 묵지 않았습니다
우리는 헤어진 적이 없습니다
잘 부탁합니다

매일 나도 그가 원하는 만큼만 태어난다
난 그를 볼 수 없고 그도 그를 보지 않는다
오션 뷰를 원하십니까 아니면 마운틴 뷰는 어떻습니까

오늘 닦은 통유리창 밖은
휘몰아치는 모래 폭풍
그는 또다시 새로 태어나고 있다
만나서 반갑습니다
처음 뵙습니다

말미고개

말은 연탄 수레를 끌었다, 난 말을 배웠다, 말미고개, 그곳, 절뚝거리며, 난 시인이 되고 싶었다, 뭐가 되고 싶었을까 말은, 끙끙거렸다, 난 받아쓰기 시험, 말은, 연탄 배달, 컴컴했다, 절뚝, 절뚝거렸다, 눈가리개 하고 수레 끌던 말, 시험지 받은 날, 말미고개, 높고 좁은, 끝날 것 같지 않은, 말미, 끝의 끝, 말의 끝, 씩씩거렸다, 뜨겁게 콧김을 뿜던 말,

시커멓게, 절뚝절뚝,

말이 미쳤다고 했다, 난 말을 배울수록, 말을 믿지 않았다, 미친 말, 말미고개, 넘고 넘어, 연탄을 날랐다, 어떻게 하면, 끝나나, 가파른, 말미고개, 끝은 어떻게 시작될까, 엎드렸다, 말미고개 끝, 거품 물고, 그러나 말은, 일어나, 절뚝거리다, 달렸다, 절뚝거리다, 다시, 엎드렸다, 다시, 쓰러졌다, 이제 나는, 술자리에서 말거품만 뱉는 오십대, 그러나 아직, 말미고개, 미치고 싶은, 말들,

시커멓게, 절뚝거린다, 절뚝,

봄밤

홀로 배드민턴 채를 휘두르는 밤의 골목, 툭, 어둠 한 줌, 치고, 툭, 다시 친다, 전봇대를 마주 보고, 어둠보다 더 컴컴한 허공의 셔틀콕, 툭, 목이 꺾인 듯, 웅크린 가슴처럼, 떨어진다, 전봇대가 어둠을 되받아친다, 콕이 툭, 떨어져도, 다시 채를 휘두른다, 아, 연습 중입니다, 혼잣말할 때, 툭, 문득 떠오르는, 식탁의 검은 김밥 반 줄, 이런, 형광등, 켜두고 나왔네, 그래도, 아무 데서도 꺼지지 않는 어둠들, 겨울은 반 남았지, 또 올 거니, 툭, 바닥에 떨어지는 반달빛 벚꽃 잎, 나는 밑바닥도 없는 것 같다,

십이월

슬픔은 그 내장을 다 쏟았나 보다

얼어붙은 흙 속을 파고드는 쏠개의 맛

센 불에 우엉 볶는 향

함박눈 번쩍인다

길게

길게 다시 시작되는 끝은

끝이 없다지

IV

두 번이면 영원

통닭 파는 트럭이 노랗게 웅크리고 있다
밤은 길고 봄은 짧지

자줏빛 꽃 이름을 찾아보기 전에
봄이 사라졌다

꼭 찾아야 할 것들은
남지 않았지
그게 너였을까

퇴근할 곳 없이, 퇴근 시간마다
죽어가는 하루들
내가 죽인 밤들

아무것도 한 적 없는데
더는 할 게 아무것도 없다
멈칫멈칫 제자리 돌고 있는 전기 구이 통닭

달이 있을 텐데 달빛 없는
달밤,

장미처럼

귀만
벌과 말 다 버리고
귓바퀴들만 붉게
겹겹이
어슷어슷
그 안으로
모래의 귓속말들만
서로 목을 타오르던 두 마리 뱀 비늘만
하루살이를 품고 가는 안개만

곁

벗나무를 껴안는 불길처럼
곁에서

불타며 불태우며
사라지며

그걸 봄
아니면 우리라 할까

서로의 재 가루 뒤집어쓰며
사라지는 것들의 방향으로도 사라지지 않는
곁

스타일

조오기…… 카알치……, 목 아파, 녹음해, 생선 수레 아저씨를 불러 세우는 미장원 아줌마, 그럼 난 줄 몰라, 조오기…… 카알치……, 찐득하고 더운 여름 골목, 폐허에 흰 깃발을 흔드는 것 같은 목소리, 목 아파, 녹음해도 똑같아, 그럼, 난 줄 몰라, 얼음물이 수레 밑으로 흐른다, 물고기 비늘 시멘트색으로 굳는다, 생선 아저씨 손 마이크 들고, 다급히, 조오기…… 참조기…… 카알치……, 녹음하면 똑같아, 아니야, 아니라니까, 난 줄 몰라, 조오기…… 카알치…… 가자미……, 내가 온 줄 몰라, 그럼 난 줄 모른다니까,

사든 안 사든, 아프든 안 아프든, 조오기…… 카알치…… 그는 비린내 나는 그의 목소리를 들어야 한다, 그가 왔다,

그것이 그의 스타일

원룸 전사

나는, 비상구,
창문 없이,
끝 방에 붙은 끝
판때기와 판때기 사이,
나는, 나의, 비상구,
매미 허물들
훌쩍 저 너머 날아갈 것처럼

수조

불 꺼진 시장 골목
불 꺼지지 않는 수조들
아무도 없이 죽은
물고기 비늘 눈알들

소원을 적지 못한
놓쳐버린 풍등처럼
산소 공급기 부글대는 거품들
떠다닌다 사그라드는 축제의 재들
떠다닌다 죽은 물고기를 보는 나의 텅 빈 눈알

아름다울까 허공 없는 바닥은
구정물 위엔 버려진 장어 껍질
비린내 나는 나의 눈알 비치고
떠다닌다
아무것도 적지 못한 놓쳐버린
나의 풍등처럼
재가 될 소원처럼

쇼윈도

지켜본다 빛나는 털 코트가 더 빛나는 털 코트를
지나간다 맨발에 슬리퍼는 털 코트를 보지 못하고
저 멀리 휘청거리는
공장의 수증기 기둥들 비치는 사이
혹시 나인가
등 휘어버린 그림자

달팽이

이 지구가 하루에 한 바퀴 돈다는 걸 생각하면 아찔해.
그건 시간 낭비야. 그러다가 나중에 어쩌자는 거지?
　　　　　　　　　　　　　　──「보이체크」에서*

누가 오래 살까, 담벼락 밑, 달팽이에 소금을 뿌리는
아이들, 이겨라, 이겨라, 소리 높을수록, 꿈틀, 뒤튼다, 떨
다가, 돈다, 검고 축축한 달팽이, 한때, 달팽이였던, 아직,
검고 축축한 것들,

누가 오래 살까, 답을 잃고, 아이들, 흩어진다, 검고 축
축한 것들, 그 위로, 검고 축축한 발자국들, 누가 오래 살
까, 그 위로 검고 축축한 담벼락, 그 위, 구경하던 바람의
망막 찢어진다, 녹슨, 가시철조망, 그 위로 이미 검고 축
축한 구름들, 누가, 더, 오래 살까,

이젠 아무도 살지 않는 골목
나선계단 삐걱삐걱

머리 위로

소금 같은 달빛

* 게오르그 뷔히너, 『보이체크/레옹스와 레나』, 임호일 옮김, 지만지, 2008, p. 18.

슈퍼문

퓨즈 터진 지하 방
쾅쾅쾅
노파는 밤새 박는다
날 가면 어깨에 자라는 날개
달 가면 날개를 모질게 잘라
쾅쾅쾅
벽에 박는다
빛도 볕도 없이
잘 자라는 날개들
이딴 거 필요 없어
다시는 필요 없어
쾅쾅쾅
밤마다 박는다
노파도 모르게
떨어진다,
툭,
지구로
슈퍼문 뜬다

도요

시장 시멘트 바닥, 내동댕이쳐진, 물고기, 혹은 뜯긴 살점 비늘 (나도요) 방언 표준어 상품명 음식명, 이름 몰라도, 이름 없어도 (나도요) 가격은 흥정하는 것 (나도요) 어느새 (도요새고요) 너 말고 어느새 (너 말고 나도요) 뼈와 눈알, 꼬챙이 찍힌 대가리 (나도요) 벌겋게 끓어오르고 (나도요) 가시와 껍데기만 남아 있는 그것 (나도요) 기껏 수챗구멍이었던 그것 (역시 나도요)

검은 갯벌, 기름때 전 깃털, 깍도요 작은도요 나도요, 기우뚱거린다, 유리 조각 비닐 조각 쪼아댄다, 깝작도요 나도요, 질질 꼬리를 끈다, 뱃가죽이 들러붙었다, 삑삑도요 나도요 알락도요 나도요 송곳부리도요 붉은발도요 바늘꼬리도요 나도요 나도요

파양

나에게는 들리지 않는 세상

눈밭
위에
눈밭
어딘가

길고양이 절름
끝나는
발자국들
쫓아간다

먹빛 눈 내릴 것 같다

헤어질 사람이 없는 사람

담장 넘어 허공으로 사라져버린
9회 말 파울볼

저물녘 담벼락

그림자만 그리는 밤

벚꽃들 모두 지면 벚나무 잎 짙푸르지

솔리테르solitaire에서
솔리데르solidaire까지

김영임
(문학평론가)

> 전체가 하얗게 비어 있는 화폭 한가운데 요나는 아주 작은 글씨로 단어 하나를 써놓았는데 알아볼 수는 있었지만 과연 그것을 '솔리테르solitaire(고독)'라고 읽어야 할지 '솔리데르solidaire(연대)'라고 읽어야 할지 알 수가 없었다.[1]

장르를 불문하고 무언가를 창작하는 사람은 알베르 카뮈의 단편 「요나 혹은 작업 중의 예술가」(이하 「요나」)의 주인공에게 쉽게 감정 이입할 것이다. 화가인 주인공 요나는 사람들로 북적이는 환경에서 작품을 생산

---

1 알베르 카뮈, 「요나 혹은 작업 중의 예술가」, 『적지와 왕국』, 김화영 옮김, 책세상, 1994, pp. 166~67.

해내지 못하고 결국 공중에 뜬 다락을 직접 만들어 그 안으로 자신을 고립시킨다. 카뮈의 스승이기도 한 장 그르니에의 말처럼 「요나」는 창조를 위해 필요한 고독[2]에 관한 글이라고 할 수 있다.

그렇지만 고독이 반드시 창작이나 창조에 관련된 것만은 아니다. 고립, 외로움, 쓸쓸함 같은 단어와 혼용되는 고독은 실존을 사유하기 위한 인간의 보편적 행위와 관련된 정신의 상태. 유사한 의미로 사용되는 다른 단어들과 달리 고독은 종종 철학적 위치를 부여받는다. 한나 아렌트는 『전체주의의 기원』의 말미에서 외로움과의 비교를 통해 고독에 관한 생각을 밝히고 있다. 여기서 고독은 전체주의 지배와 연결되어 있지만, 그녀가 인용하고 있는 그리스의 철학자 에픽테토스의 문장은 고독이 인간의 실존을 대면하게 하는 시간과 연결되어 있음을 알게 해준다. "외로운 사람은 그가 관계를 맺을 수도 없고 그를 향해 적개심을 노출하는 다른 사람들에게 둘러싸여 있다. 반대로 고독한 사람은 혼자이며 그래서 "자기 자신과 함께 있을 수 있는" 사람[3]이다. 메이 사튼의 "외로움은 자아의 가난이요, 고독은 자아의 풍

2 장 그르니에, 「고독」, 『일상적인 삶』, 김용기 옮김, 민음사, 2020, p. 209.
3 한나 아렌트, 『전체주의의 기원 2』, 이진우·박미애 옮김, 한길사, 2006, p. 280.

요Loneliness is the poverty of self and solitude is the richness of self"라는 경구 역시 이 철학자의 문장과 일맥상통한다.

시인 김경후의 『울려고 일어난 겁니다』는 나에게 시적 언어로 구조화된 요나의 다락방 같은 느낌으로 다가왔다. "처녀 별자리를 향해 힘껏 칼을 던"지고, "피를 뒤입어 쓴" 채로 "암적색이 번지고 있는 살얼음들" 사이로 "물무늬 하나 생기지 않게 가만히" "몸을 담근" "그녀"(「칼」[4])가 내뿜었던 서늘하면서도 뜨거운 에너지 대신 이번 시집의 "한밤의 택시, 내린 후, 여기일까, 뒤돌아"보는 "나"에게는 절제되면서도 오랜 쓸쓸함이 서려 있었다(「뒤」). "초록색 구두를 신고" "동쪽으로 가"기 위해 "무작정 나무들을 따라가"보는(「초록색 구두를 신고」[5]) 대신 "빈터 한가운데 차렷한 아이"(「차렷」)를 세월의 흐름 안에서 스케치하고 있는 언어들은 카뮈의 요나처럼 또는 물고기 배 속에 갇힌 성경의 요나처럼 세상 안에 따로 또 존재하는 진공眞空을 시 안에 구축해낸다. 시적 화자들이 자신들을 홀로 고립시키면서 짊어지고 있는 외로움, 쓸쓸함은 과연 어떤 의미일까,라는 물음이 이 시집을 읽는 내내 맴돌았다.

---

4 김경후, 『그날 말이 돌아오지 않는다』, 민음사, 2001, p. 15.
5 김경후, 같은 책, p. 33.

"소금 같은 달빛"이지만……
"여기일까, 뒤돌아본다"

그간 김경후의 시에 관한 비평들에 사용된 단어들을 정리해보자. '상실' '어둠 가득한 방' '텅 빈 마음' '공허' '폐쇄적인 세계' '자기 파괴적인 이미지' '부재' '침묵'.[6] 그러고 보면 이번 시집에서 느껴졌던 지독한 외로움과 쓸쓸함이 새삼스러운 것은 아닌 듯하다. 하지만 『오르간, 파이프, 선인장』에서 그의 시가 이전의 "폐쇄적인 세계와 자기파괴적인 이미지를 불러내는 데 주력"한 것에서 그런 세계에서 마주하게 될 "침묵"[7]으로 변화한 것처럼 이번 시집에서도 김경후의 외로움은 이전과 같으면서도 더욱 정제되고 깊이를 더하는 변모를 보여준다.

한밤의 택시 안, 어디쯤일까, 핸드폰을 본다, 우주정거장이 방금 내 머리 위를 지나고 있다, 이건 너무 큰 그림, 어디지, 거기가 바로 여기네, 이 말을 자주 하던 사람의 그림자 사진, 핸드폰을 본다, 이번엔 너무 지난 그림, 그는 그늘, 여기는, 신호 없음, 연결 상태를 확인해주세요, 빨간

6　『열두 겹의 자정』과 『오르간, 파이프, 선인장』의 시집에 실린 각각의 해설에서 단어들을 정리하였다. (이소연, 「빈 세상에 뜬 노래」, 『열두 겹의 자정』, 문학동네, 2012; 이재원, 「텅 빈 마음으로, 텅 빈 백지를 꿈꾸는」, 『오르간, 파이프, 선인장』, 2017, 창비.)

7　이재원, 같은 글, p. 103.

신호마다 과속으로 지나친 여기, 어디지,

  해 질 녘마다, 거실 이 끝에서 저 끝까지, 나는 그의 그
림자를 담요처럼 끌고 갔다, 끌려갔다, 오늘도 어제처럼,
저기를 여기처럼, 그늘을 그림처럼, 저 멀리 그네처럼,

  우주정거장은 밤의 지역을 지나고 있습니다, 그래, 그
는 그늘, 다시, 우주정거장은 돌고, 어떤 사랑이 지구에 있
었는지, 보이지 않고,

  한밤의 택시, 내린 후, 여기일까, 뒤돌아본다,
                                    ──「뒤」 전문

  우리는 언젠가부터 위치를 파악하기 위해 핸드폰을
본다. 개인의 기억과 경험에 기대 장소를 알아낸 세월
이 있었다는 것이 마치 옛이야기처럼 들리지만, "우주
정거장이 방금 내 머리 위를 지나고 있다"라는 정보를
핸드폰이 제공하리라는 것도 쉽게 수긍하기 어렵다. 시
적 화자 역시 "이건 너무 큰 그림"이라고 한발 물러서
지만, 저 문장의 역할은 크다. "여기"에 관한 정보를 구
체적으로 제시하지는 못하지만, 시를 읽는 우리의 머리
위 하늘은 우주를 향해 치솟은 선으로 구획되고 만다.
이제 시의 공간은 "한밤의 택시 안"과 다른 성질의 공간

으로 분할되고, 또한 "해 질 녘"의 "거실 이 끝에서 저 끝까지" 확장해가면서 독자에게 "그의 그림자를 담요처럼 끌고" 다니는 시적 화자를 보여준다. 그런데 "우주 정거장"에 뒤이어 등장하는 "그"의 "그림자 사진" 역시 "여기"라는 공간을 설명해내기에는 충분치 않다.

"거기가 바로 여기네, 이 말을 자주 하던 사람"과의 기억에서 "여기"를 유추해보자. 공간을 의미하는 단어들은 대부분 시간 개념을 포함하고 있는 경우가 많다. "거기"라는 단어 역시 과거라는 시간을 함축한 공간이다. 공간에 대한 과거의 경험 유무에 상관없이 언어 안에서 '거기'는 서로 간에 미리 인식된 공간이다. "거기가 바로 여기네"라는 문장은 과거의 예언을 현실에서 증명해줄 수 있는 공간이 "여기"임을 내포하고 있다. 그것을 함께 증명해줄 존재가 "그"이지만 "그는 그늘"이며 "신호 없음, 연결 상태를 확인해주세요"라는 문장으로 그의 부재가 드러난다. 하지만 그는 부재하면서도 남아 있는 존재다. 그는 그늘로, 그림자로 남아서 "나"에게 담요처럼 드리워져 있다. "이건 너무 큰 그림"이라는 독백에도 불구하고 시적 화자는 "우주정거장은 밤의 지역을 지나고 있습니다."라는 문장을 반복하면서 여전히 머리 위로 지나가는, 시가 만들어낸 또 하나의 공간을 거두지 않는다.

시 안에 액자처럼 들어가 있는 상상의 공간은 앞에

서 언급했던 요나의 다락방과 유사하다. 요나의 다락방은 그가 "인간들이 내는 그 아름다운 소음"에 귀를 기울이면서도 동시에 "자신의 내면에서 침묵에 귀를 기울이"는 것을 가능하게 한다. 요나가 그의 다락방에 "아직은 숨어 있지만 다시금 떠올라 이 공허한 날들의 혼돈을 뚫고서 영원 불변의 모습으로 마침내 솟아오를 준비를 하고 있는 그의 별을 기다"[8]린다는 것을 시와 교차해서 읽어본다면 시적 화자가 분할된 상상의 공간 안에서 찾고 있는 "여기"는 바로 "나"의 '별'에 비준할 만한 무엇이라고 할 수 있다. "우주정거장"만큼이나 현실과는 거리가 멀어져버린 그의 "그림자 사진"은 관계의 부재를 상기시키면서 "나"의 외로움을 낳고, "빨간 신호마다 과속으로 지나"쳤던 "여기"를 찾아 나서는 시적 화자의 내면적 고독을 탄생시킨다. "여기"는 과거의 "거기"였지만 놓쳤기에 확인할 수 없는 어느 곳, "어떤 사랑이 지구에 있었는지," 말해줄 것 같은 곳, 하지만 "보이지 않"는 그런 곳. 그래서 우리는 매번 "여기일까, 뒤돌아본다".

고독이라는 것이 "개인의 근원적인 성향"이며 인간에게 "본질적이며 결정적"[9]이라고 해도 '홀로'인 것 같

8 알베르 카뮈, 같은 책, pp. 162; 166.
9 장 그르니에, 같은 책, p. 196.

은 느낌에서 의연하기란 쉽지 않은 것도 사실이다. "달팽이에 소금을 뿌리는 아이들"이 흩어지고, "한때, 달팽이였던, 아직, 검고 축축한 것들,"은 "검고 축축한 담벼락," "녹슨, 가시철조망, 그 위로 이미 검고 축축한 구름들"을 따라가는 우울한 시선 안에서 이어진다. "이젠 아무도 살지 않는 골목/나선계단 삐걱삐걱"거리는 검고 축축한 길을 걷는 시적 화자의 머리 위로 쏟아지는 "소금 같은 달빛"(「달팽이」)은 소금처럼 눈부신 아름다운 백색 이미지에서 상처에 스며드는 몸서리쳐지는 통각으로 변환된다.

　김소월에게 '봄밤'은 "섧고 그리운 새카만 봄밤"이더라도 "제비의 넓은 깃 나래의 감색 치마"에서 "봄이 앉았"(「봄밤」)음을 알아보는 반가움이다. 김수영에게도 '봄밤'이 "나의 영감靈感"(「봄밤」)이었듯 미약하면서도 계절을 바꾸는 약동躍動이 봄밤의 어둠에 숨어 있다. 김경후의 「봄밤」은 "목이 꺾인 듯, 웅크린 가슴처럼, 떨어"지는 셔틀콕을 어둠 속의 "전봇대"를 향해 휘두르는 시적 화자의 독백이다. 보는 사람이 없음에도 "아, 연습 중입니다,"라고 "혼잣말"을 하는 것을 보면 시적 화자에게도 이 상황은 몹시도 어색하고 불안하다. 떠도는 "보드라운 습기"(김소월)도 "나의 빛"(김수영)도 없는 김경후의 '봄밤'은 아직 "겨울은 반 남았"으며 "반달빛 벚꽃 잎"이 "툭, 바닥에 떨어지는" 이미지다. 그 안에서

"나는 밑바닥도 없는 것 같"은 추락을 반복하고 있는 것이 아닐까.

고독은 '사건'을 꿈꾼다

한나 아렌트는 에픽테토스의 외로움과 고독에 관한 문장 뒤에 다음의 말을 추가한다.

……나는 고독 속에서 나 자신과 함께 "나 혼자" 있으며, 그러므로 한 사람 – 안에 – 두 사람인 반면, 외로움 속에서 나는 다른 모든 사람에게 버림받고 실제로 혼자 있는 것이다. 엄격히 말해 모든 사유는 고독 속에서 이루어지며, 나와 나 자신의 대화이다.[10]

이런 외로움과 고독의 분류가 매번 정확하게 적용되기는 힘들 것이다. 분명한 것은 인간에게 고독은 "한 사람 – 안에 – 두 사람이 전개하는 대화"[11]라는 점에서 외로움이 갖는 '혼자'의 성격과 차이가 발생한다. 김경후의 시에서 느껴지는 쓸쓸함은 어떤 쪽에 가까운가?

10 한나 아렌트, 같은 책, p. 280.
11 같은 쪽.

그건 젖은 나무 문이 주저앉을 때

그건 가슴뼈를 움츠릴 때

그건 할 말이 없을 때

나는 소리

툭

슬픔이 무릎을 건드릴 때

그래도 설 수 있다는 걸 알았을 때

나는 소리

마음의 고무줄 삭아 끊어질 때

나는 소리

툭

툭

밤의 송곳니가 부러지는 소리

그때 우리도 함께 부러지는 소리

말도 안 되는 소리

서로 돌아서는 소리

툭

홀로가 아니라 스스로 내가 되는 소리

툭

내가 나를 뚫어지게 보라고

진흙탕에 빗방울 떨어지는

소리

젖지 않은 나무 문은 내지 못할 소리

툭

　　　　　　　　　　　　　　　―「툭」 전문

　"툭"이라는 짧은 단어와 매개되어 있는 많은 사전事
典적 상황을 살펴보면, 그 경우들을 관통하는 것은 '갑
작스러움'과 '가벼움'이다. '갑작스러움'은 예상치 못한
결과를 가져온다는 점에서 더 마음을 시리게 한다. "마
음의 고무줄"은 자신을 보호하기 위해 작동하는 심리적
탄성彈性일 것이다. 그것이 수명을 다해 예고 없이 "툭"
하고 끊어지면 '나'는 외부에서 날아드는 무수한 자극
에 대해 무방비 상태에 놓이게 되면서 상처를 가득 떠
안을지도 모른다. "할 말이 없을 때/나는 소리"인 '툭'
은 갑작스러움보다는 '가벼움' 쪽인데, 이 역시 아프긴
마찬가지다. "툭" 하고 별생각 없이 전달되더라도 그 언
어들은 도달하는 곳에 깊이 파인 상처를 남긴다. 그래
서 "툭"은 "밤의 송곳니가 부러지는 소리/그때 우리도
함께 부러지는 소리/말도 안 되는 소리/서로 돌아서는
소리"로 변한다. "툭"은 그렇게 '나'를 홀로 있게 한다.

　고독과 외로움은 차이를 가지면서도 "고독은 외로움
이 될 수 있다. 내가 혼자 있으면서 나 자신의 자아에
게 버림받을 때 이런 일이 발생한다".[12] 김경후의 시적
화자는 홀로 있되 자신을 버리지 않는다. "툭"은 "슬픔

이 무릎을 건드릴 때" 나는 소리이기도 하지만 동시에 "그래도 설 수 있다는 걸 알았을 때/나는 소리"이기도 하다. 시의 후반부에 "툭"은 "홀로가 아니라 스스로 내가 되는 소리"로 성질이 변한다. "툭"은 '나'를 혼자 있게 하지만, 외로움 속에 '나'를 방치하는 것이 아니다. '나'는 홀로 된 상황에서 자신을 만나고 "내가 되"어간다. 마지막 연의 "툭"은 다른 어떤 '툭'보다 촘촘한 점성을 가진 소리로 변한다. "내가 나를 뚫어지게 보라고/진흙탕에 빗방울 떨어지는/소리"로 서술되는 "툭"은 마치 정지 화면에서 물의 구심력이 하나의 빗방울에 응집되는 순간을 목격하는 듯한 이미지를 생성하면서 빗방울에 대한 응시를 자아에 대한 응시로 연결시킨다. 뒤이은 "젖지 않는 나무 문은 내지 못할 소리/툭" 역시 시인의 문장들을 통과하면서 '갑작스러움'과 '가벼움' 대신 '홀로 있음'의 시간 안에서 성숙한 자아의 (목)소리로 변화하였다.

고독은 이처럼 세상과 단절하는 단계를 거치지만, 본질적으로 고립 자체를 목적으로 하는 것은 아니다. 혼자가 되어야만 하는 것은 "단절하지 않고서는 세계의 지배로부터, 고정관념의 함정으로부터 자신을 지킬 수 없"기 때문이기도 하지만, 자신에 대한 응시를 가능하

12 한나 아렌트, 같은 책, p. 280.

게 하는 "마음의 폐쇄성"은 이런 고립을 "창조적 사건의 시작으로 전환시키는 욕망"에 의지한다. 백상현은 바디우의 '사건' 개념[13]을 개인에게로 확장해서 "개인들의 이야기 속에서 발생하는 균열들, 증상들, 불안들"을 "사건의 징후들"[14]로 설명한다. 그리고 그 징후를 포착할 수 있는 것이 바로 고독의 긴장이며, 고독은 '사건'을 꿈꾼다.

새해 첫날마다 지난해 토정비결이 맞았는지 맞춰본다
예언은 지연된다
잘못된 건 없어
시간은 멈추고 세월은 흐른다
일어나자마자 운 게 아니에요
울려고 일어난 겁니다
사랑보다 빨리 쉬는 건 사람 그러나
난 쉬고 싶은 사람
울려면 일어나야 합니다

13 알랭 바디우의 '사건'은 '기존의 질서와는 정반대로 불가능한 것이 가능하다는 사실을 드러내는 돌발', 또는 '새로운 가능성의 장을 사유하고 다른 질서, 새로운 규범적 분리를 제시'할 수 있을 정도의 출현을 의미한다. 바디우의 '존재' '사건' '진리' 같은 용어들은 철학의 새로운 가능성을 타진하고 그 틀 안에서 새로운 정치적 전망을 고민하기 위한 큰 개념이지만, 백상현은 라캉을 빌려 개인의 차원에서도 '사건'의 개념은 유효할 수 있다고 말한다.
14 백상현, 『고독의 매뉴얼』, 위고, 2015.

잘못된 건 없어

러시아혁명사 스터디 내내 새로 살 원피스만 떠오른다

혁명사를 읽을 때마다 봄꽃 무늬 피어오르는 난 혁명
적인 사람

세월은 흐르고 시간은 멈췄다

—「저만치 여기 있네」부분

예언은 불확실성을 담고 있을 때만 존재한다. 예언의
내용에 대한 가부可否가 명료해지는 순간 예언은 참 또
는 거짓의 명제로 변하면서 소멸한다. 또한 예언의 실
현은 주체의 의지와는 상관없이 자동 발생하는 세상의
시간관, 즉 누구에게나 동일한 시간인 '세월'과 연결되
어 있다. 메를로-퐁티에 의하면 시간은 흐르는 물처럼
"실재적 연속이 아니다". 시간은 "사물들과의 나의 관
계에서 탄생한다".[15] "예언은 지연된다"라고 발화하는
순간 시적 주체는 예언을 실현시킬 세월과 분리되고,
주체와 연결되어 있는 "시간은 멈추고 세월은 흐른다"
라는 문장을 가능케 한다. 시간이 멈추면서 '나'와 사물
들과의 관계 역시 단절되는 고독의 순간이 만들어지지
만, "시간은 우리의 자발성의 토대이고 척도"[16]인 까닭

15 모리스 메를로-퐁티, 『지각의 현상학』, 류의근 옮김, 문학과지성
    사, 2002, p. 614.
16 모리스 메를로-퐁티, 같은 책, p. 639.

에, 이 멈춤과 그로 인한 고독은 오히려 세상의 보편적 흐름을 횡단하는 것과 다르지 않다. "일어나자마자 운 게 아니"라 "울려고 일어난" 거라는 시적 화자의 발화는 '잠'이라는 고립과 고독이 세상을 향한 '울음'이라는 '사건'을 목적하고 있다는 메시지가 아닐까.

고독의 풍요

한나 아렌트가 말하는 "한 사람 – 안에 – 두 사람"이 전개하는 대화라는 것은 매번 타인에 대한 배제를 발생시키는 것일까? 그녀는 고독 속의 자신과의 대화가 같은 인간들과의 접점을 잃지 않음을 지적한다. "사유의 대화를 함께 이어가는 동료 인간들이 이미 나 자신 속에 들어와 있기 때문이다." 한 사람 – 안에 – 두 사람이 다시 하나가 되기 위해, 다른 사람과 오인될 수 없는 정체성을 가진 불변의 개인이 되기 위해서는 타인을 필요로 한다.[17] 이처럼 타인과의 거리 두기는 자신의 존재를 더 또렷하게 보기 위해서이기도 하지만 동시에 타인의 존재를 알아보기 위한 것이기도 하다. 고독은 타인의 이미지로부터 물러나는 것을 통해 역으로 "타인에게 존재로, 순수한 가능성으로 다가서는 것"[18]을 가능하게 한다.

---

17 한나 아렌트, 같은 책, p. 280.

칼이 베어낸 자리가 사내의 모습

불광천 차가운 안개 몰려드는
새벽부터
썩은 벤치 위에 놓인 썩은 벤치 같은 사내

움직일 수 없다
는 척,
그는 톱밥 같은 눈길 흘렸을지 모르지만
아무것도 보지 않는다
는 척,
아무도 그를 보지 않는다
는 척,

칼이 도려낸 곳이 사내가 살아가는 곳
칼이 깎아낸 길이 사내가 살아가는 길

북두조차 칼자국
칠흑의 밤 목각 사내

——「목각」 전문

18 백상현, 같은 책.

이번 시집에 수록된 시 대부분은 1인칭 화자 자신에 관한 독백으로 읽힌다. 구체적인 관계의 교환을 드러내는 작품들은 거의 없다고 할 수 있지만, 김경후의 시가 보이는 고립과 쓸쓸함이 고독이 가지는 실존적 성찰과 연결되어 있음은 앞에서 살펴보았다. 드물게 3인칭으로 서술되는 시들이 있는데, 그중에서 「목각」「손 없는 날」 그리고 「스타일」이 오래 마음에 남았다.

「목각」은 "썩은 벤치 위에 놓인 썩은 벤치 같은 사내"에 관한 시다. "움직일 수 없다/는 척" 누워 있는 "사내"는 벤치와 한몸이 되어 아마도 "목각"처럼 보였으리라. "사내"가 보여주는 "척"에는 자신을 고립시키면서도 세상과의 관계 맺기를 향한 강한 열망이 느껴진다. 그럴듯하게 꾸미는 거짓 태도나 모양을 의미하는 것이 "척"이라면 "움직일 수 없다"는 것은 꾸밈이다. "아무것도 보지 않는다/는 척"은 모든 것을 보고 있다는 뜻이며, "아무도 그를 보지 않는다/는 척"은 모두가 그를 보고 있음을 알고 있다는 뜻이다. 그럼에도 "척"은 도움이 필요하지만, "톱밥 같은 눈길"을 들키고 싶지 않으며 모두의 동정 어린 또는 경멸에 찬 눈길을 애써 무시하고 싶은 "사내"의 자존심이 섞여 있는 몸의 언어다. 시를 이끌어가는 화자의 목소리는 "사내"에게서 "칼이 베어낸 자리" "칼이 도려낸 곳"을 찾아낸다. "사내"의 몸이 지나온 칼의 세월을 느끼게 되면 "사내"의 "척"은 쉽게 지나칠 수 없다. "사내"의 고독이 그와 그 자신 사이에 어떤 대화를 만들어내는지는 알 수 없지만, 자신의 고독이 익숙한 시적 화자는 "사내"의 이미지에서 멀찌감치 떨어져서 그의 '존재'에 시선을 두고 있다.

공중에 떠 있는 다락을 "자신의 횃대"라고 표현한 요나는 자신에게 고독을 돌려준 공간 안에서 세상의 소리를 듣는다. "세상은 아직도, 저기, 젊고 어엿하게 건재하고 있었다." 그리고 그 소음이 "결코 그의 내면에 있는 [……] 영원히 침묵 속에 묻혀 있기에 그가 말로 표현할수는 없지만 그가 만물을 초월할 수 있게 하고 자유롭고 활기찬 대기 속에 들어가게 해주는 이 생각들을 방해하지 않"[19]는다는 것을 알게 된다. 그것을 깨달은 직후 요나는 그가 오랫동안 기다려왔던 "그의 별"이 어둠 속에 빛나는 것을 발견하고는 쓰러지고 만다. 시집 안에서 반복적으로 만났던 시적 화자의 고독은 시인이 독자에게 주는 요나의 다락방이 아니었을까. 세월의 흐름에 밀려 오롯이 자신만을 위해 시간을 멈추기 힘든 우리에게 시인 김경후는 자신의 고독을 언어로 형상화하면서 요나의 다락으로 나를 쑥 밀어 넣는 것만 같았다. 그의 시에서 시적 화자의 외로움과 고독이 느껴진다면 그 순간 우리는 항상 곁에서 어른거리는 자신들의 고독

19 알베르 카뮈, 같은 책, p. 166.

과 연결되었으리라. 에피그래프에 등장했던 요나의 낙서가 '솔리데르solidaire(연대)'라고 짐작되는 것처럼 김경후의 고독은 자신뿐만 아니라 세상을 위한 것이라 감히 짐작해본다. 시인의 고독이 독자들 사이에서 미래에 얼마나 붐빌 것인가[20]를 기대하며 글을 마친다. ▨

20 장 그르니에의 "그의 고독은 미래에는 얼마나 붐빌 것인가!"에서 가지고 왔다(장 그르니에, 같은 책, p. 198).